红蜻蜓

[日] 新美南吉 著 [日] Nekosuke 绘
贺包蛋 译

文化发展出版社
Cultural Development Press

新美南吉

大正二年（一九一三年）出生于日本爱知县。
在《红鸟》等杂志上发表过作品。
二十九岁时，因结核病英年早逝。
代表作有《小狐狸阿权》等。

绘画 Nekosuke

日本鸟取县人。插画家。
为书籍绘制装帧画、游戏、CD封面等。
著有《soiree 猫助作品集》。

红蜻蜓在空中盘旋了三圈左右，
在经常休憩的一根墙角的竹子上，
轻轻停了下来。
山谷长日寂静无声。
树绿荫浓夏日长。

红蜻蜓骨碌碌地转了转眼球。

驻足休息的竹子上，弯弯曲曲地盘绕着牵牛花的藤蔓。

去年夏天，别墅主人栽种的牵牛花结出了果实。

想必它又抽枝长芽了吧——红蜻蜓想道。

如今这个房子里空无一人，遮窗板寂寥地紧闭着。

红蜻蜓不由得起身离开竹尖，向着高空飞舞而去。

有三四个人走了过来。

红蜻蜓又落回刚才的竹子上，静静地注视靠近的人们。

走在最前面的是一个头戴红丝带帽子的可爱小姑娘。

后面跟着小姑娘的妈妈，

还有拿着很多行李的书生。

这三个人走了过来。

红蜻蜓想要飞落到可爱小姑娘的红丝带上去。

可是，万一惹小姑娘生气了就糟啦——红蜻蜓有些伤脑筋。

但是，当小姑娘靠近的时候，
红蜻蜓还是飞上了她的红丝带。
『啊，小小姐，您的帽子上落了一只红蜻蜓哟。』
书生惊呼道。
红蜻蜓很担心小姑娘伸手过来捉住自己，
随时准备要飞走。
然而，小姑娘并没有要捉它，
欢快地蹦蹦跳跳。
『哎呀，在我的帽子上！好开心啊！』
燕子像风儿一样滑过天空。

可爱的小姑娘一直住在那幢曾经空荡荡的别墅中。
妈妈和书生自然也住在那里。
红蜻蜓今天依然在空中飞来飞去。
那对翅膀被夕阳染上一抹红色。

『蜻蜓蜻蜓
红色的蜻蜓
芒草里面
很危险哟』

天真烂漫的童音吟唱着歌谣。歌声渐渐传了过来。
红蜻蜓觉得似乎是那个可爱的小姑娘在唱歌，
便沿着歌声传来的方向飞去。
不出所料，唱歌的就是那个小姑娘。
小姑娘在庭院里一边冲凉，一边独自哼唱。

红蜻蜓刚一飞到头顶，
小姑娘就捏着手里的玩具金鱼，
高举双手喊起来。
『我的红蜻蜓！』
红蜻蜓多么快乐。

书生拿着肥皂走了过来。
『小小姐，我给你洗洗后背吧？』
『不要——』
『可是——』
『不要！不要嘛！你又不是妈妈——』
『让人犯愁的小小姐。』
书生一边挠着头一边向外走，
发现了落在牵牛花叶子上、偷听两个人讲话的红蜻蜓。
于是，他用右手画了一个大大的圈。
真是莫名其妙呀——红蜻蜓看着指尖想道。
书生一圈圈地转着右手。渐渐地，圈越来越小，
越来越靠近红蜻蜓。
红蜻蜓骨碌碌地转动着大眼睛，
盯着书生的指尖。

渐渐地，圈圈越转越小、越转越近，

快速地靠了过来。

红蜻蜓被绕得头晕眼花。

紧接着，它被书生的大手指夹了起来。

『小小姐，我捉到了红蜻蜓哦。送给你吧？』

『讨厌！干吗抓我的红蜻蜓——山田大傻瓜！』

小姑娘吵嚷着朝书生泼水。

书生赶忙放了红蜻蜓。

红蜻蜓松了口气、飞向天空。

真是个好心的小姑娘啊，

它边飞边这样想——

晴空朗朗。万里无云。
红蜻蜓停在窗子上休息，
学着可爱的小姑娘那样，
静静聆听着书生讲故事。

『后来呀，那只蜻蜓发怒了，准备吃掉大蜘蛛。被咬到的大蜘蛛大声喊道：「好疼！好疼呀！快来救我！」于是，小蜘蛛们像云一样涌了出来，「我们来啦，来救你啦！」可是啊，蜻蜓本来就很厉害，它从一头开始啃食起这些蜘蛛，最后一个不留地全部吃光光了。

稍作休息的蜻蜓，看到自己的样子不禁想道：这可怎么办才好呀，怎么沾了一身鲜红的蜘蛛血啊。哎呀，真糟糕。蜻蜓向泉水飞去，清洗起身体来。但是，鲜红的血一点儿都洗不掉。于是，它试着向神明祈请，神明却斥责蜻蜓说，你这家伙杀害了太多无辜的蜘蛛，遭到果报就变成了这副样子。故事里的蜻蜓就是如今的红蜻蜓哟。所以说呀，红蜻蜓都不是好蜻蜓哟。』

书生的故事讲完了。

我怎么不记得做过那么残忍的事啊，

就在红蜻蜓绞尽脑汁地思考时，

小姑娘突然大喊起来。

『骗人、你骗人！山田的故事全是骗人的。

那么惹人爱的红蜻蜓才不会做那么过分的事，

才不会沾着蜘蛛的血——全是骗人的。』

红蜻蜓真的好开心。

那个书生则涨红了脸离开了。

红蜻蜓离开窗边，落上小姑娘的肩头。

『哎呀！我的红蜻蜓！可爱的红蜻蜓！』
小姑娘的瞳孔，漆黑而清澄。
炎炎夏日悄然而逝。
牵牛花盘桓在墙角，凋零枯萎。
金钟儿虫的鸣叫声渐渐单薄。

今天，红蜻蜓又来见小姑娘了。

红蜻蜓小小地吃了一惊。

平时总是敞开的窗子，现在全部紧紧关上了。

这是怎么回事呢？红蜻蜓正思考着，

突然从玄关跳出来一个人。

是小姑娘。那个可爱的小姑娘。

然而，今天的小姑娘满脸悲伤。

而且，她还戴上了初来别墅时的那顶红丝带帽子，

穿着漂亮的衣服。

红蜻蜓一如往常地飞了过去，落在了小姑娘的肩头。

『我的红蜻蜓……
可爱的红蜻蜓……
我要回东京了，
要和你分别了。』
小姑娘轻声啜泣。

红蜻蜓悲伤起来。好想跟小姑娘一起去东京啊。

这时，小姑娘的妈妈和欺负过红蜻蜓的书生也走了出来。

『我们出发吧。』
大家都准备离开了。
红蜻蜓不得不飞离小姑娘的肩头，
停落在墙角的竹尖上。
『我的红蜻蜓呀，再见了——』
可爱的小姑娘一遍又一遍重复着。

最终，所有人的身影渐渐消失不见了。

在这之后，这个家很快就会变成空房子吧——

红蜻蜓歪着脖子想。

每每秋霜露重、红霞满天时，
红蜻蜓便停在芒草的穗尖，
回忆着那个可爱的小姑娘。

涂鸦区

图书在版编目（CIP）数据

红蜻蜓 /（日）新美南吉著 ；（日）Nekosuke绘 ；贺包蛋译．— 北京 ：文化发展出版社，2020.7

ISBN 978-7-5142-2990-5

Ⅰ．①红… Ⅱ．①新… ②N… ③贺… Ⅲ．①短篇小说－日本－现代 Ⅳ．①I313.45

中国版本图书馆 CIP 数据核字 (2020) 第 054659 号

著作权合同登记图字：01-2020-0744

红蜻蜓

著　　者：[日]新美南吉
绘　　者：[日]Nekosuke
译　　者：贺包蛋
出 版 人：武　赫
责任编辑：周　晏
责任印制：杨　骏

出版统筹：贾　骥　宋　凯
出版监制：张泰亚
特约编辑：姜　珊
美术编辑：张恺珈　李秀珠

出版发行：文化发展出版社（北京市翠微路 2 号　邮编：100036）
网　　址：www.wenhuafazhan.com
经　　销：各地新华书店
印　　刷：北京宝隆世纪印刷有限公司
开　　本：787mm × 1092mm　1/24
字　　数：2 千字
印　　张：2.5
印　　次：2020 年 7 月第 1 版　　2020 年 7 月第 1 次印刷
定　　价：59.00 元
ＩＳＢＮ：978-7-5142-2990-5